Coordinación editorial: Mª Carmen Díaz-Villarejo
Diseño de colección: Gerardo Domínguez
Maquetación: Silvia Pasteris
Primera edición: septiembre, 2007
Segunda edición: marzo, 2008
Tercera edición: septiembre, 2009
© Del texto y las ilustraciones: Mikel Valverde, 2007
© Macmillan Iberia, S. A., 2007
c/ Príncipe de Vergara, 36 - 6.º dcha.
28001 Madrid (ESPAÑA)
Teléfono: (+34) 91 524 94 20

www.macmillan-lij.es

ISBN: 978-84-7942-143-4
Impreso en China / Printed in China

GRUPO MACMILLAN: www.grupomacmillan.com

Este libro pertenece a:

Mikel Valverde

# Rita y los Ladrones De tumbas

MACMILLAN
Infantil y Juvenil

Rita, con su maletita roja, salió de la sala de recogida de equipajes del aeropuerto y buscó a su tío Daniel. Pero no estaba.

"Qué raro. Habrá tenido algún tipo de problema en la excavación –se dijo–. Seguramente habrá mandado a alguien a buscarme."

Rita se acercó a un grupo de gente que sujetaba carteles con varios nombres: Nika Bitchiasvili, Monsieur Petillon, Mr Ibrahim, Tom Carragher, Miss Smith, Srta. Díez Salinas…

Pero en ningún cartel aparecía el suyo. No podía ser: su tío Daniel no era un bromista, ni tenía tan mala memoria como para no acordarse del día y la hora en la que su sobrina llegaba a El Cairo, la capital de Egipto. Además, era su tío quien le había propuesto que pasara parte de sus vacaciones con él en una excavación, ya que Daniel estaba ayudando a un amigo arqueólogo.

Rita comenzó a leer de nuevo los nombres en los carteles. Mientras, la señorita Díez Salinas había encontrado a la persona que había ido a buscarla, al igual que Mr Ibrahim.

Entonces lo vio. El nombre no estaba muy claro, pero en aquel cartel ponía algo muy parecido a "RITA".

Era cierto que la "T" estaba escrita de forma rara, y que junto a la "A" había una "D". Excepto por esos detalles, en el cartel se podía leer claramente su nombre.

Rita se acercó al desaliñado individuo que portaba el cartel y lo saludó:

—Hola, yo soy Rita.

Para su sorpresa, la niña vio cómo otros dos viajeros se acercaban también hacia aquel hombre y le hacían una señal.

Uno de ellos era muy alto y voluminoso, e intentaba disimular su gran barriga bajo una amplia camisa. A su lado iba una señora muy delgada y muy maquillada.

Rita y el hombre alto se miraron con gesto de interrogación hasta que este último dijo:

—¿Usted también viene por lo de la excavación…?

"Qué hombre tan educado, me trata de usted", pensó Rita. Y luego le contestó:

—Sí.

—De acuerdo, entonces ya estamos todos.

Y tras hacer una indicación al hombre que aún sostenía el cartel en sus manos, el grupo se dirigió a la salida.

Mientras caminaban, Rita y sus acompañantes pasaron junto a un hombre que se estaba atando los zapatos. Al hacerlo, levantaba un poco la cabeza. Parecía buscar a alguien.

—Cuidado, que estoy aquí –decía cuando veía que alguien estaba a punto de chocarse con él.

Al fin se incorporó y cogió el cartel que había dejado en el suelo boca abajo. En él podía leerse de forma clara y nítida un nombre: RITA.

Aquel señor estaba preocupado: nadie se había acercado a él, y apenas quedaban pasajeros en la puerta de llegadas. Entonces recordó lo que le había dicho el profesor Daniel: "Rita es una niña morena, bajita y con un peinado un poco raro. Llevará una maleta roja". En ese instante recordó que una niña así acababa de pasar junto a él. Sí, estaba seguro. Iba con otras personas

y se dirigía a la parada de taxis. El hombre corrió
en su búsqueda, pero no la pudo encontrar entre la
gente. Había perdido a Rita.

Mientras tanto, en el taxi en el que viajaba
Rita y sus acompañantes, todos iban en silencio.
Finalmente, el señor alto y voluminoso se dirigió
a Rita:
—Mi nombre es Carlsson y ella es la señorita
Paponet.
Al decir esto señaló a la mujer delgada con la
que había aparecido en el aeropuerto. Luego añadió:
—Tal como le he dicho, venimos por el asunto
de las excavaciones. Usted debe de ser la experta en
egiptología…

"Este señor es educadísimo –pensó Rita al escuchar aquellas palabras–. Mis amigas me decían que debía de saber mucho sobre Egipto y los faraones porque me veían leyendo libros, pero no me llamaban experta. Claro, este señor Carlsson es mucho más educado."

Seducida por las palabras de su compañero de taxi, Rita le contestó:

—Sí... soy la experta.

—No nos esperábamos que fuera tan joven... –dijo entonces la señorita Paponet.

—No se incomode –intervino el señor Carlsson al ver que en la cara de Rita se manifestaba un cierto desconcierto–. Es que hasta ahora los expertos con los que hemos colaborado eran de más edad. Estaremos encantados de trabajar con usted. Si la han enviado, es porque usted es una persona realmente destacada y competente.

"Una persona destacada y competente."

Nadie le había dicho nunca algo tan rimbombante y educado. Ni siquiera Ana, su profesora de Matemáticas, el día que sacó un diez en un examen. Rita se sentía halagada, y eso le gustaba.

—Claro –dijo a modo de respuesta.

—Pero aún no nos ha dicho usted cómo se llama –le dijo con mucha educación el señor Carlsson.

—Rita –contestó ella sonriente.

El taxi por fin se detuvo en una pequeña plaza con un árbol en el centro. Entonces se abrió la puerta de una casa grande de dos plantas, y el individuo que les había ido a esperar al aeropuerto indicó a los viajeros que habían llegado a su destino.

Al bajar del taxi y entrar en el patio que se hallaba tras la puerta, Rita no vio un pequeño cartel que colgaba de la fachada.

Estaba un poco roto y a punto de caerse.

En el cartel podía leerse con claridad: Hostal RIYAD.

Parecía una casa de huéspedes, aunque daba la impresión de estar medio vacía.

"Será la casa de uno de los amigos del tío Daniel. Él siempre me ha dicho que la gente de El Cairo es muy acogedora", pensó Rita.

La puerta se cerró tras ellos, y casi en ese mismo momento los tres viajeros vieron acercarse a un individuo. Era un hombre siniestro. Andaba un poco encorvado y llevaba un parche de cuero negro en un ojo.

—Hola, Salim –dijo el señor Carlsson acercándose al extraño personaje y estrechándole la mano. Luego continuó–: Creo que ya conoces a la señorita Paponet de anteriores ocasiones. En esta ocasión nos acompaña la profesora Rita.

Salim la miró con gesto de asombro e incredulidad, pero luego se acercó a Rita y también le estrechó la mano.

—Hola, profesora Rita, bienvenida –dijo. Luego añadió–: Tienen las habitaciones preparadas. Pueden subir a descansar. Charlaremos durante la cena.

Rita siguió a uno de los empleados de Salim hasta su habitación. Esta tenía una gran terraza desde la que se divisaba la ciudad de El Cairo. La luz del atardecer iluminaba los edificios y los más altos minaretes de las mezquitas.

Rita no podía quitarse de la cabeza la imagen de Salim. No recordaba que su tío Daniel le hubiera mencionado nunca al hablar de sus amigos egipcios. Tampoco recordaba haber oído hablar a su tío del

señor Carlsson ni de la señorita Paponet. Una voz le decía por dentro: "Esto es muy extraño; el tío Daniel no te ha hablado nunca de estas personas. Ten cuidado".

Era la voz de la prudencia.

Pero, por otra parte, Rita se sentía halagada por las palabras del señor Carlsson. ¡Le había llamado "profesora Rita". ¡A ella!

Y entonces creyó escuchar otra voz: "No te preocupes. Seguro que el señor Carlsson y la señorita Paponet son profesores que han venido

a trabajar también en la excavación. Y recuerda lo
que te dijo el tío Daniel: no te dejes llevar por la
apariencia de las personas; lo importante está en
su interior, en su forma de ser. Salim es un poco
raro, pero te ha llamado profesora, como a los
demás. Si te halagan, es señal de que te aprecian".

 Aquella era la voz de la vanidad.

 Rita miró una vez más el atardecer de El Cairo.

 Luego se refrescó un poco y bajó alegremente
al comedor: había decidido hacer caso a la voz de la
vanidad.

Cuando Rita llegó al comedor, todos estaban ya sentados a la mesa. El cocinero había preparado una cena muy rica: sopa de kofta y koshari. Y de postre, pastelitos de dátil.

—Profesora Rita, veo que le gusta la comida que ha preparado nuestro cocinero —observó Salim.

De nuevo la estaban llamando "profesora". Aquello era maravilloso; alguien que se dirigiera a ella de aquella manera no podía ser mala persona.

—Sí, todo está muy rico. La egiptología da mucha hambre. ¿Puedo comer algún pastelito más? —preguntó.

—Por supuesto, profesora —dijo Salim acercándole la bandeja..

—Bien, creo que ya es momento de comenzar a hablar de los asuntos que nos han traído hasta aquí —intervino el señor Carlsson—. Por nuestros informadores, sabemos que el jefe de antigüedades, el profesor Hawas, está trabajando en las excavaciones de una tumba descubierta recientemente.

"¡Hawas! Ese es el nombre que he oído decir al tío Daniel por teléfono. El nombre de su amigo egipcio", recordó Rita.

Carlsson siguió hablando:

—Nos han dicho que, además de su equipo habitual, hay una persona procedente de Europa que le está ayudando, un tal profesor Bengoa. Deben de haber encontrado algo muy importante y valioso, ya que nadie sabe dónde se halla la excavación. Es un secreto absoluto. Nuestro objetivo es localizar el lugar y dirigirnos hacia allí.

Rita escuchaba mientras comía varios pastelitos de dátiles que le mantenían la boca llena y le impedían hablar. Cuando terminó de comer, dijo:

—La persona que ha venido de Europa para ayudar al profesor Hawas se llama Daniel Bengoa, y el señor Carlsson tiene razón: en la excavación están encontrando cosas de mucho valor.

De repente Rita recordó que su tío Daniel le había advertido que no debía revelar a nadie lo que le contaba acerca de la excavación. Pero cómo iba ella a ocultar esas cosas a unas personas tan interesadas en el tema, que además la llamaban experta, profesora, y la invitaban a pastelitos. Así que continuó hablando:

—Es una tumba. Hay algunas piezas de oro y esculturas de gran valor.

—¡Oooooooooooooh! –exclamaron Salim, Carlsson y la señorita Paponet abriendo mucho los ojos.

—Y díganos, profesora Rita –le preguntó la señorita Paponet–, ¿sabe a qué período de la historia de Egipto pertenece?

—¿Qué? –preguntó Rita bastante despistada.

—La señorita Paponet se refiere a la época aproximada de la tumba. Si es del período Arcaico o del de los Imperios –intervino el señor Carlsson.

—Es de la época de los Imperios –dijo Rita por decir algo.

—Sí, pero ¿es del período del Imperio Nuevo, del Imperio Medio o del Imperio Antiguo? –insistió la señorita Paponet con mucho interés.

"Qué mujer más quisquillosa", pensó Rita. Y luego dijo al buen tuntún:

—Del Imperio Nuevo.

—¡Oooooooooooh! –volvieron a exclamar todos.

—Es importantísimo averiguar cuanto antes el lugar de la excavación –dijo Salim con cara reconcentrada.

—Creo que sé dónde está –dijo Rita.

Las caras de sus tres compañeros de mesa se volvieron hacia ella con expresión expectante.

—¿Puedo comer un pastelito más? –preguntó Rita al ver que la bandeja de los postres estaba vacía.

—Claro, claro –dijo Salim al tiempo que daba

indicaciones a sus empleados para que trajeran una nueva bandeja.

Rita comió otros cinco pastelitos de dátil ante la mirada atenta de Carlsson, Salim y la señorita Paponet.

Cuando terminó, dijo:

—La excavación está junto a un lugar que se llama el Oasis de Falafa o algo así.

—¡El Oasis de Farafra! —exclamó Salim.

—Sí, ese es el nombre —se apresuró a decir Rita sin pensárselo dos veces.

—Hemos de preparar todo e ir allí cuanto antes —exclamó el señor Carlsson.

—Traeré un mapa y veremos qué ruta es la más indicada —dijo Salim levantándose de la mesa.

Mientras sus compañeros hablaban animados, Rita sentía cómo un sueño pesado se iba apoderando de ella. Había comido demasiados pastelitos.

—Perdonen —dijo—. Desearía irme a dormir; tengo mucho sueño.

—No se preocupe, profesora, vaya a descansar. Nosotros nos encargaremos de planificar el viaje hasta el oasis —le dijo Salim.

—Profesora Rita… —intervino entonces la señorita Paponet cuando Rita ya se disponía a subir las escaleras para dirigirse a su cuarto—, nos ha sorprendido la información tan detallada que tiene usted acerca de la excavación…

—Es que el profesor Daniel Bengoa es mi tío —contestó con naturalidad Rita.

Los presentes miraron de nuevo con admiración a Rita mientras esta desaparecía por las escaleras.

Rita se metió en la cama, y antes de caer en un profundo sueño tuvo oportunidad de oír a través de las ventanas abiertas la conversación que se desarrollaba en el comedor.

—¿Habéis oído? —decía la señorita Paponet—. El profesor Daniel Bengoa es su tío.

—Sí. ¡Qué valiente es esa niña! —añadió Carlsson.

—No había conocido a nadie así… Y, además, tan joven —volvió a decir la señorita Paponet.

—Ya lo creo. Tiene el valor de unirse a nuestra banda. No duda en robar con nosotros lo que su tío y sus amigos están encontrando en sus excavaciones.

—Sin embargo, algo me dice que no debemos fiarnos de ella –intervino Salim.

—Entiendo que pueda parecer algo extraño que los jefes de la red de ladrones de tumbas hayan enviado a una profesora tan joven, pero estoy seguro de que tienen sus razones. No hay duda de que es una niña muy inteligente. Ya has visto cómo ha contestado a las preguntas de la señorita Paponet. Y, además, dispone de una información muy valiosa –concluyó el señor Carlsson.

Tras esa conversación, los tres componentes de la banda de ladrones de tumbas comenzaron a hacer los planes para el viaje.

Para desgracia de Rita, el sueño le había vencido muy rápido y tan solo había podido escuchar las dos primeras frases de la conversación. Y así, mientras estaba sumida en un dulce sueño con sabor a dátil, ignoraba que, sin quererlo, se había integrado en una de las más temibles bandas de saqueadores de tumbas.

Al día siguiente, muy temprano, se dirigieron a un modesto embarcadero. Allí los esperaban dos hombres con una pequeña barca de vela, que ellos llamaban falúa.

—Remontaremos el Nilo unos kilómetros y luego iremos en camello –anunció Salim.

—¿No vamos en coche? –preguntó Rita.

—No, profesora. Es más cómodo y más rápido, pero nos podrían descubrir. Iremos en una caravana de camellos atravesando el desierto. Así les daremos una sorpresa –le contestó Carlsson.

"Este profesor Carlsson sí que es divertido –pensó Rita–. ¡Qué bien que le gusten también las sorpresas!, ¡como a mí!"

Se embarcaron en la falúa y remontaron el curso del río Nilo, el gran río que nace en el lago Victoria entre Uganda, Kenia y Tanzania, y llega hasta el mar Mediterráneo tras atravesar Sudán y Egipto.

Fue un trayecto muy agradable. Rita tuvo oportunidad de ver las pirámides y observó maravillada los restos de los antiguos templos. Le pareció que dedicarse a estudiar la historia de aquel lugar debía de ser un oficio muy bonito.

Todos disfrutaron del viaje. Bueno, todos menos Salim, que no cesaba de mirar con desconfianza a las falúas que navegaban cerca.

—¿Ocurre algo, Salim? –le preguntó Carlsson al ver su inquietud.

—Humm… No sé. Tengo la sensación de que nos siguen –contestó.

—Tranquilízate, Salim, todo va a ir bien.

Al cabo de poco tiempo vieron en la orilla de un palmeral un pequeño poblado. Varios hombres esperaban junto al muelle. La falúa se dirigió hacia allí y atracó.

Los pasajeros desembarcaron. Mientras Salim se dirigía a ultimar los detalles de la caravana, Carlsson, la señorita Paponet y Rita pasearon por el animado mercado que ese día se celebraba en el pueblo.

Los comerciantes les ofrecían sus mercancías: alfombras, cestos y cacharros de todo tipo. Rita vio en un lugar un puesto donde se exponían unas cajitas de madera muy bonitas. Al verla mirar, el vendedor le hizo un gesto para que se acercara, y Rita se dirigió al lugar apartándose de sus compañeros.

El vendedor de cajitas tenía totalmente
cubierto el rostro y solo se le podían ver los ojos.

—*Salam*, bienvenida a mi humilde tienda
–la saludó.

—*Salam*, gracias –respondió Rita, quien había
aprendido unas palabras de árabe antes de viajar a
Egipto.

—Escucha bien lo que voy a decirte, Rita
–le dijo entonces el vendedor. Rita dio un bote sin
moverse del sitio. ¡Aquel vendedor sabía su nombre!
El hombre, que se había dado cuenta de la turbación

de Rita, continuó–: Sí, sé cómo te llamas, pero no te preocupes, soy tu amigo; por favor, escucha atentamente…

En ese momento apareció por entre los puestos el tuerto Salim.

—Profesora Rita, todo está dispuesto, hemos de partir –dijo enérgicamente.

Rita se alejó del puesto del vendedor de cajitas bajo la atenta mirada de Salim. Estaba claro que desconfiaba de ella… ¿Se había equivocado al hacer caso a la voz de la vanidad y haberle seguido la corriente a Carlsson y a la señorita Paponet diciendo que ella era una profesora experta en egiptología? ¿Y además, qué quería decirle el vendedor del mercado? ¿Por qué conocía su nombre?

Aquello era muy misterioso, y Rita se daba cuenta de que las cosas estaban empezando a complicarse. Pero no era el momento de echarse atrás; seguiría con sus compañeros el viaje hasta el lugar de la excavación. Todo se aclararía cuando se reuniera con el tío Daniel.

— Los viajeros se dirigieron hacia una pequeña explanada en las afueras del pueblo. Allí los esperaba la caravana dispuesta a partir.

Además del señor Carlsson y la señorita Paponet, había numerosas personas montadas en sus camellos.

—¿Esta es nuestra caravana? –preguntó Rita.

—Sí, profesora. Elija un camello y suba a él. Debemos partir cuanto antes –le dijo la señorita Paponet, que ya estaba montada en un camello.

—Vale, ya voy –contestó Rita.

Rita observó los camellos disponibles y escogió el que tenía la mirada más simpática.

—*Salam*, camello –lo saludó Rita.

El camello le sonrió, y al instante Rita supo que había acertado al elegir ese animal.

En cuanto todos los viajeros estuvieron listos y los equipajes cargados y atados, la caravana se puso en marcha a las órdenes de Salim.

La larga comitiva atravesaba lentamente el desierto que la separaba del Oasis de Farafra. Cuando Salim lo indicaba, hacían una pequeña

parada para descansar. El calor era intenso y los
camellos avanzaban despacio, pero sin pausa.

Cuando Rita volvía la cabeza, notaba la mirada
de Salim, siempre pendiente de ella.

La caravana se detuvo al caer la tarde.

Siguiendo las órdenes de Salim, varios
hombres montaron el campamento. En poco tiempo
pusieron en pie varias jaimas, las tiendas de campaña

de los nómadas. Sobre la arena se extendieron
alfombras.

Algunos camelleros preparaban el té mientras
el cocinero se dedicaba a hacer la cena. Rita
admiraba la tranquilidad del atardecer en el desierto
mientras acariciaba su camello. Entonces uno de los
camelleros se acercó con un vasito de té.

—*Ustada*, ¿quiere un té?

—Sí, gracias –contestó Rita tomando el vaso.

Rita cogió el vaso y vio cómo el hombre escribía algo en la arena con un palo.

"Soy tu amigo", leyó Rita.

De repente, cuando el camellero iba a escribir algo más, dejó el palo y se alejó de forma discreta al notar la vigilancia de Salim.

Rita pensó que su tío Daniel tenía razón: las gentes de Egipto eran muy acogedoras. Tras tomar el té, regresó al campamento para ayudar en las diversas tareas.

Con las primeras luces del amanecer el campamento recobró de nuevo la actividad. Tras el desayuno, recogieron todo y la caravana se puso otra vez en marcha. Guiados por Salim, la larga fila de camellos discurría por el desierto con su monótono caminar.

De repente, el camello que montaba Rita se asustó al ver algo entre la arena y echó a correr. Rita no conseguía controlar al animal, que galopaba a gran velocidad. Al fin, cuando llegó al borde de una elevación del terreno, el animal se calmó y detuvo su huida.

—Tranquilo, camellito, no te asustes –le dijo Rita mientras lo acariciaba.

Pero cuando Rita iba de nuevo a guiar a su camello hacia la caravana, se dio cuenta de que este no se podía mover: tenía una pata metida en un pequeño agujero en la arena.

De un salto, Rita bajó del camello para ayudar al pobre animal. Una vez liberada la pata, Rita se quedó mirando el hueco que había aparecido por casualidad en la arena, justo donde comenzaba la elevación.

"Qué cosa más rara", se dijo Rita.

Por curiosidad, excavó un poco, y luego otro poco más.

Enseguida vio cómo surgía ante ella lo que parecía una especie de pared bajo la arena. Rita, emocionada, cogió una pequeña pala que llevaba en la montura del camello y continuó cavando.

—Profesora, ¿está usted bien? –oyó Rita que le preguntaba el señor Carlsson desde la caravana.

—Sí, estoy bien, pero vengan. ¡Creo que he encontrado algooo! –le respondió Rita con un grito.

Cuando Salim, acompañado del señor Carlsson y de la señorita Paponet, llegaron al lugar y vieron lo que había descubierto Rita, se quedaron asombrados. Rápidamente comenzaron a ayudarla. Salim ordenó a toda la gente de la caravana que se pusiera a excavar mientras otras personas montaban las tiendas.

Al cabo de unas horas habían quitado ya mucha arena, dejando al descubierto lo que parecía una pequeña puerta labrada con relieves. Todos estaban muy emocionados.

—Profesora Rita, ¿cree usted que se trata de una tumba?

—Sí, claro, por supuesto. No tengo ni la más mínima duda —dijo Rita intentando infundir un tono de autoridad a sus palabras.

Varios hombres se acercaron a la puerta y empujaron con todas sus fuerzas.

Poco a poco la puerta fue cediendo hasta que se abrió un hueco por el que podían pasar varias personas.

—Profesora Rita, pase, usted ha sido la descubridora —le dijo el señor Carlsson cediéndole el paso.

Rita cogió una linterna y se acercó a la puerta con una sensación de miedo y de emoción. De miedo, porque nunca había entrado en una tumba, ni siquiera egipcia; y de emoción, ya que era la primera persona que iba a meterse en un lugar en el que probablemente nadie había puesto el pie en miles de años.

- Rita entró en lo que parecía una sala; luego enfocó con la linterna hacia arriba y no pudo evitar una exclamación:

—¡Oooooooh!

Salim y los demás la siguieron, y tampoco pudieron evitar su sorpresa al enfocar con sus linternas.

Se hallaban en una sala cuyas paredes estaban decoradas con relieves.

En uno de ellos se veía a un personaje que tenía el cuerpo de un hombre y la cabeza de un halcón. A Rita le asustó un poco esa imagen, y, cuando estaba enfocándola, el señor Carlsson se acercó a ella y le dijo:

—El dios Horus. Mitad hombre y mitad halcón. Es impresionante, ¿verdad? Es un personaje que a mí también me gusta mucho.

Otras personas habían entrado en la sala y habían fijado varias antorchas en las paredes. Ahora podían ver el lugar en toda su magnitud.

—Profesora Rita –continuó diciendo Carlsson mientras iluminaba con una antorcha el relieve principal de la estancia–, ¿qué cree usted que representa la figura que aparece junto al dios Horus?

—Ooooooooooh, bueno –dijo Rita alargando las palabras lo más posible mientras intentaba recordar las cosas que había leído en los libros de Historia–. Esooooooooooooooooo que apareceeeeeeeeeeeeee representadooooooooooo, yo creoooooooooo sinceramenteeeeeeeeeeeeee que se trataaaaaaaaaaaaaaaaaa sin duda algunaaaaaaaaaaaaaaaaaaaaaaaa de… de… del faraón. Sí, eso es, el faraón.

—¿El faraón? Si parece un esclavo...

—Pues es el faraón. Tal vez un poco esclavo, pero es el faraón, sin duda –dijo Rita poniendo voz de profesora experta.

—Vaya, no había visto nunca a un faraón representado de esa manera.

—Yo tampoco, la verdad –respondió Rita.

—Ah –dijo con admiración el señor Carlsson–. Usted quiere decir que estamos ante un hallazgo excepcional: es la primera vez que aparece representado el faraón como un esclavo.

—Eso es exactamente a lo que me refería –le contestó Rita saliendo del apuro.

El señor Carlsson se alejó de ella y Rita suspiró aliviada. Pero en ese momento la señorita Paponet llamó su atención:

—Profesora, ¿cree usted que habrá más salas?

—Sí, claro. Esto debe de estar lleno de salas. Salas por aquí y salas por allá –contestó Rita, quien cada vez estaba más perdida ante las continuas consultas que le hacían todos.

Por suerte para ella, el señor Carlsson y Salim decidieron que ya era momento de dar por finalizado el trabajo del día y descansar; estaba a punto de anochecer.

Aquella noche, los componentes de la caravana celebraron aquel descubrimiento con una alegre cena.

—Profesora Rita, ha hecho usted un descubrimiento increíble –le dijo el señor Carlsson.

—Psé, sí… –dijo Rita intentando aparentar humildad.

—Se nota que es usted una persona muy cualificada –añadió la señorita Paponet.

—Profesora… –dijo entonces Salim–, reconozco que he llegado a dudar de usted. Discúlpeme, es que es el primer caso que conozco de una gran profesora tan joven como usted.

—No se preocupe, Salim –le respondió Rita.

—Brindo por la profesora Rita –dijo entonces el señor Carlsson levantando su vasito de té–: ¡Por la mayor experta en egiptología del mundo!

—Por la profesora Rita –gritaron todos.

—¡Je, je! –se rió Rita mientras brindaba sin poder ocultar una gran sonrisa.

Entonces Salim, con cara muy seria, comenzó a hablar:

—He establecido un sistema de guardias alrededor del campamento y en el acceso a la tumba que ha descubierto la profesora Rita. Vigilarán para que nadie pueda irse ni entrar sin ser visto. Hemos de asegurarnos de que nadie robe ninguna pieza de la tumba. ¡Eso sería el colmo!

Luego, mirando a Rita, continuó:

—Profesora, ¿qué tipo de cosas cree usted que podremos encontrar en un lugar como este? ¿Hallaremos algo importante?

—¡Oh, sí, por supuesto! –respondió Rita–. Aquí seguro que hay de todo: momias, momios, esculturas y todo eso.

—Y oro… ¿Habrá oro? –preguntó el señor Carlsson frotándose las manos con gesto codicioso.

—Claro, claro, seguro que hay mucho, muchísimo oro. La tumba que he descubierto es muy tumba, se lo digo yo.

—¡Ooooooooh! –exclamaron todos con una sonrisa en la boca.

Los miembros de la expedición estaban muy contentos. Rita también. Había dicho algunas mentirijillas, pero su vanidad estaba más que satisfecha: colmada. Eso hacía que se sintiera como si estuviera en un globo, respirando un aire mucho más puro del que respiraban los demás. Aquella era una sensación muy agradable. Pero ni en esas circunstancias Rita podía olvidarse de su tío Daniel.

—¿Y cuándo iremos a la excavación del Oasis de Farafra? –preguntó.

—Oh, vamos, profesora –dijo el señor Carlsson–, después de lo que nos ha dicho sobre esta tumba, no creo que merezca la pena acercarnos ya a ese lugar.

Rita miró con gesto de interrogación. Entonces dijo Salim:

—Claro, ¿para qué vamos a ir a saquear aquella excavación si tenemos aquí una mucho mayor y más valiosa?

Rita no pudo evitar dar un respingo al escuchar aquello, pero enseguida pensó que había oído mal.

—Para qué ir allí a… ¿sacar? –preguntó.

—Sacar, saquear, ya sabe, lo nuestro es robar tumbas. Aunque aquí tengamos que excavar, estaremos más tranquilos y evitaremos el enfrentamiento con los arqueólogos.

Había oído bien: Salim había dicho "saquear", "robar". Rita sintió cómo el globo de su vanidad se desinflaba de repente.

Estaba ayudando a unos ladrones. Sin embargo, intentó disimular, y se puso a hablar tal como había visto que lo hacían los piratas en la películas.

—Claro, claro, nosotros a lo nuestro, a robar, ja, ja –se rió.

—Sí, profesora –dijo el señor Carlsson–.

Y gracias a usted vamos a conseguir un botín jamás soñado. ¡Jua, jua! Brindemos de nuevo por la profesora que va a hacer que seamos ricos. ¡Por la profesora Rita!

Y de nuevo brindaron por la profesora Rita.

Sin embargo, ahora, a la luz de la hoguera, a Rita los rostros de Salim, Carlsson y la señorita Paponet le parecieron los de unos personajes siniestros y malvados. ¡Eran los rostros de los integrantes de una terrible banda de ladrones! Una banda... de la que ella ahora también formaba parte.

Rita se disculpó y se fue a su jaima, mientras sus compañeros seguían celebrando lo sucedido aquel día. Su cabeza le daba vueltas a toda velocidad. No podía parar de pensar. Recordaba cómo en el aeropuerto había querido leer su nombre en un cartel, ya que se sentía sola y no había hecho caso del consejo de su tío Daniel. Él le había dicho que tuviera paciencia y que confiara en él; y que en caso de duda preguntara a un encargado del aeropuerto.

Luego recordó cómo, guiada por su vanidad, le había seguido la corriente al señor Carlsson y a la señorita Paponet hasta meterse, poco a poco y sin saberlo, en la boca del lobo. Un lugar tan oscuro como la tumba que había encontrado y como aquella noche del desierto sin luna.

Se había equivocado, y ahora se encontraba sola en una situación peligrosa. Aunque tal vez no estaba del todo sola; había un hombre en la caravana que se había acercado a ella haciéndole saber que era su amigo. Pero no había vuelto a tener noticias de él.

De todas formas, no podía esperar. Tenía que escapar de allí e intentar llegar al oasis donde se encontraba el tío Daniel.

Aprovechando la oscuridad, Rita se deslizó entre las jaimas y llegó al lugar donde descansaban los camellos. Sigilosamente se acercó hasta su camello y, procurando no hacer ruido, le puso las riendas.

—¿Quién anda ahí? —gritó de repente una voz a la vez que alguien se acercaba con una linterna en la mano.

Rita intentó esconderse junto a unas rocas, pero al instante aparecieron más luces y más gente.

—¡Alto, deténgase! —le gritó una voz.

La habían descubierto: Rita estaba rodeada. Al momento aparecieron Salim, la señorita Paponet y Carlsson.

—Profesora, ¿qué estaba haciendo?

Rita, nerviosa, intentó dar una explicación:

—Buenooo, estoooo, yooooo… estaba admirando estas rocas, ¿sabe? –dijo mientras golpeaba fuertemente una de ellas.

—¿Las rocas? –preguntó incrédula la señorita Paponet.

—Son muy interesantes, ¿no creen?

Y mientras Rita seguía golpeando las rocas, intentando encontrar una excusa, una capa de arena pegada a esta se fue desconchando rápidamente, dejando al descubierto parte de una figura tallada en piedra.

Los presentes estaban boquiabiertos.

—¡Parece la cabeza de una pequeña esfinge! –exclamó Salim.

—Lo es –dijo Carlsson.

Rita no estaba menos sorprendida que los demás, pero intentó disimular.

—Claro, ya me extrañaba a mí no haber visto una esfinge por aquí –dijo.

—Profesora, es usted increíble. Su interés por el saber no descansa nunca –dijo la señorita Paponet.

—Ya ve, cuando una nace egiptóloga...

Tras ordenar Salim que allí se redoblara la guardia, todos se fueron a sus tiendas. Al día siguiente empezarían las tareas de excavación.

Rita se echó en la alfombra de su jaima, pero tardó en dormirse. Había tomado una determinación: escapar de allí. Había fallado la primera vez, pero estaba segura de que en algún momento encontraría una nueva oportunidad.

Al día siguiente los trabajos comenzaron muy temprano. El señor Carlsson y la señorita Paponet dirigían el saqueo, pero necesitaban el asesoramiento de la experta, o sea, de Rita.

—Hemos pensado que daremos prioridad a la excavación de la tumba, que es donde se encuentran los tesoros –le dijo el señor Carlsson.

—¿Por qué parte de la tumba cree que es mejor que busquemos? –fue la señorita Paponet la que consultaba esta vez.

—Por la izquierda –dijo Rita esperando equivocarse.

Los empleados comenzaron a excavar donde había dicho Rita, y pronto encontraron un pequeño hueco en la arena que luego se fue haciendo más grande. Daba acceso a un pasadizo.

Luego aparecieron unas pequeñas salas en las que hallaron varias piezas, esculturas y joyas de oro puro. Los hombres contratados por los ladrones formaron una cadena y fueron sacando los tesoros ante la vista de Rita, que estaba desesperada. Le dolía ver cómo, por su culpa, aquella banda de ladrones

estaba robando la tumba, y, lo que era peor, no
encontraba una mínima oportunidad para escapar.

Los trabajos de excavación prosiguieron
durante varios días, y no dejaban de aparecer nuevos
objetos para alegría de Salim, Carlsson y la señorita
Paponet, y tristeza mal disimulada de Rita.

Un día, el señor Carlsson reclamó la presencia
de Rita.

—Mire, profesora, hemos encontrado una
roca muy dura en la que tan solo hay una pequeña
abertura, pero ninguno de los trabajadores cabe
por ella. ¿Cree que ahí detrás puede haber algo
importante?

A Rita se le iluminaron los ojos. Ahí, en
ese pequeño agujero abierto en la roca, estaba la
oportunidad que había estado buscando.

—Señor Carlsson –le dijo todo lo seria que
pudo–, no se olvide de que estos egipcios eran un
pueblo muy listo. Le puedo asegurar que las riquezas

más importantes de la
tumba se encuentran
escondidas en las salas
que hay detrás de la roca.

—¿En serio?

—Por supuesto,
palabra de experta.

—Entonces
nos hallamos ante un
problema muy gordo: no tenemos modo de acceder
a esas salas por un espacio tan pequeño.

—No se preocupe, señor Carlsson. Yo me
meteré por el agujero e investigaré lo que hay detrás.

—¡Oh, profesora Rita, qué valiente es usted!
¡No había conocido nunca a una persona tan
extraordinaria!

Poco después, tras entregarle una linterna y
una larga cuerda de escalada, Rita desaparecía de la
vista del señor Carlsson y de todos los demás tras
pasar por el pequeño agujero.

Al otro lado, Rita se encontró con una sala
no muy grande donde había algunos objetos y
muchos rollos de papiros. Rápidamente buscó un
pasillo o una puerta por la que poder escapar. Pero,
por mucho que buscaba y palpaba las paredes, no
encontraba ninguna vía de escape. Intentó
calmarse y comenzó de nuevo a buscar centímetro
a centímetro un lugar por donde huir, pero todo
fue en vano.

—¿Ha encontrado algo, profesora? –le preguntaba el señor Carlsson. Rita no contestó. Estaba tan exhausta por la búsqueda y tan desesperada que temió desmayarse. Apoyó su mano en un pequeño saliente de la pared para no caerse y entonces... ocurrió algo sorprendente: una puerta oculta se abrió de repente junto a ella. Rita no lo dudó un instante: se encaminó por el pasillo que había tras la puerta en busca de una salida al exterior.

Tras recorrer varios metros, Rita comprobó cómo el pasillo se dividía en varios corredores.

"Vaya, esto es un laberinto", pensó.

Sin dudarlo demasiado, siguió por el pasillo que descendía en una ligera pendiente mientras iluminaba su camino con la linterna.

Al cabo de un rato, Rita sintió que un ligero aire fresco rozaba su cara. Inmediatamente apagó la linterna y en la oscuridad pudo vislumbrar un rayo de luz natural al fondo del corredor donde se encontraba. Encendió de nuevo la linterna y se dirigió rápida y decididamente hacia allí. Llegó a una sala muy alta donde había varias esculturas que se elevaban hasta el hueco por donde entraba la luz de la mañana, en el techo. Rita lanzó la cuerda que llevaba y acertó a enganchar el lazo que había hecho en la cabeza de una de las esculturas. Luego subió por la cuerda hasta que pudo alcanzar la abertura y así, con cierta facilidad, consiguió salir a la superficie.

Pero cuando Rita salió al exterior, se llevó una gran sorpresa.

Y es que allí, junto al espacio por el que había logrado salir de la tumba, lejos del campamento y en medio del desierto, estaba su camello esperándola, listo para la marcha.

En la silla vio un papel doblado. Era una nota que decía: "Rita, debes dirigirte al oeste para llegar al Oasis de Farafra. En la silla encontrarás una brújula y una cantimplora de agua para el camino. Buena suerte. Un amigo".

Rita nunca se había alegrado tanto de encontrar un amigo. Se subió rápidamente al camello y, tras orientarse con la brújula, puso rumbo al oeste.

Hacía mucho calor. Eran las horas centrales del día y el sol golpeaba con sus rayos la desierta llanura que ahora cruzaba Rita. Y lo hacía sin piedad.

Rita recordó cómo Salim, en los días anteriores, había ordenado detener la marcha de la caravana y descansar en las horas más calurosas. Pero ella no podía detenerse, quería llegar cuanto antes, y por eso no podría parar.

El camello también notaba el asfixiante calor, y la marcha se hizo penosa. Rita cada vez estaba más y más cansada... Tan adormilada estaba que no se dio cuenta de que la brújula se le había caído de las manos y se había hundido en la arena...

El tiempo transcurría lento, muy lento, como lento era el caminar del camello a través de aquella inmensidad de arena.

Rita bebió un trago de agua y se reanimó un poco; entonces se dio cuenta de que había perdido la brújula.

—¡Sin la brújula estoy perdida! —exclamó.

Y eso era exactamente lo que le había ocurrido. Cuando Rita miró alrededor y vio las huellas del camello, comprobó que habían estado moviéndose en círculo durante un buen rato. No había duda: estaban perdidos en medio del desierto.

Rita intentó orientarse observando la posición del sol, tal como le había enseñado su abuelo cuando iba a pasar los veranos en el pueblo.

—He de ir hacia la dirección por donde se pone el sol. Creo que es por allí —se dijo—. Vamos, camellito.

Pero el camello le respondió con un quejido y no se movió.

—¿Te ocurre algo? —le preguntó Rita.

El camello volvió a gemir y levantó ligeramente una de sus patas delanteras.

Rita bajó del camello y comprobó que el animal tenía una herida en una pata. Limpió la herida con agua y, rompiendo un poco su camisa, improvisó un vendaje.

—No te preocupes, amigo —le dijo acariciándole el hocico—. Llegaremos al oasis.

Y cogiendo las riendas, Rita comenzó a andar hacia donde ella pensaba que estaba la excavación de su tío.

Pero seguía haciendo mucho calor, y la profunda arena del desierto dificultaba mucho la marcha.

Cada vez tenía que hacer más pausas para beber agua y notaba que le iba pesando la cabeza. Había cometido la imprudencia de adentrarse en el desierto sin cubrirse la cabeza, y los rayos de sol eran golpes que caían sobre ella.

—Vamos, camellito, no hay que detenerse, hay que llegar al oasis –decía sin dejar de caminar.

Sin embargo, sus pasos cada vez eran más cortos y torpes, y la cabeza le daba vueltas. Estaba tan mareada que apenas podía mantenerse en pie.

—Vamos, un poco más… Ya estamos… cerca –dijo Rita intentando darse ánimos a sí misma.

Pero ya no le era posible levantar un pie de la arena; había gastado todas sus fuerzas. Rita cayó desmayada en medio del desierto.

Cuando abrió los ojos, Rita notó la oscuridad a su alrededor.

—Vaya, se ha hecho de noche –dijo.

—Tranquila, Rita, ya estás a salvo –le dijo una voz cálida a la vez que una mano le acariciaba. Y aquellas eran una voz y unas caricias que Rita conocía muy bien.

—¡Tío Daniel!

Se encontraba en la cama de un pequeño cuarto que estaba en penumbra. Una tenue luz se colaba por una ventana de adobe iluminando la estancia. Rita y su tío se dieron un largo abrazo.

—Estás en el oasis donde trabajo con el profesor Hawas, no te preocupes –le dijo su tío.

—Lo último que recuerdo es que iba por el desierto, sola, con mi camello herido en una pata… ¿Cómo he llegado hasta aquí?

—Mustafá, uno de los trabajadores, te trajo.

—Pero… –intentó decir Rita. Tenía que contar muchas cosas a su tío, pero este la calmó.

—Tranquilízate y descansa –le dijo–. Debes recuperar aún muchas fuerzas; luego hablaremos.

Ya por la noche, Rita pudo levantarse y cenar con su tío al aire libre, junto a la pequeña casa en la que se alojaban. Allí recibieron la visita de varias personas.

El tío Daniel hizo las presentaciones:

—Rita, este es mi gran amigo, el profesor Hawas, y estos son los profesores Alí y Jalifa.

—*Salam*, Rita –le dijeron los hombres inclinando la cabeza y tendiéndole la mano.

—*Salam* –respondió Rita correspondiendo a los saludos.

—Y este es Mustafá, la persona que te ha rescatado –intervino su tío tomando cariñosamente por el hombro a un señor que miraba al suelo con gesto de humildad.

—*Salam*, Mustafá –le dijo Rita acercándose y saludándolo–. Muchas gracias por haberme salvado, *sukram*.

—Mustafá fue a recogerte al aeropuerto –le contó el tío Daniel–, pero cuando por fin te vio, la banda de ladrones de tumbas ya te había secuestrado. Y aunque te perdió, pudo recuperar tu pista y seguirte. Disfrazado de comerciante intentó ponerse en contacto contigo en el mercado de un poblado. También se infiltró en la caravana para ayudarte.

—Pero no pude decirte quién era porque Salim, uno de los de la banda, te vigilaba estrechamente, ¿recuerdas? –intervino el propio Mustafá.

—Sí —respondió Rita, que escuchaba entre sorprendida y triste aquel relato.

Fue Mustafá quien continuó hablando:

—Luego, al saber que te internabas por el interior de la tumba, pude despistar a los guardianes e inspeccionar los alrededores. Encontré una salida y te dejé el camello con la esperanza de que llegaras hasta allí. Más tarde conseguí escapar con un camello y te seguí, hasta que te hallé en el desierto, desmayada.

Todos quedaron impresionados al escuchar lo sucedido. Había sido una aventura increíble.

—*Sukram*, gracias de nuevo, Mustafá.

—Rita, eres una niña muy valiente —le dijo el profesor Hawas.

—Oh, sí, nunca había conocido a nadie igual —añadió el profesor Alí.

—No creo que en toda la historia de Egipto haya habido una niña que haya demostrado tanto valor —dijo, por último, el profesor Jalifa.

Y dicho esto, le ofrecieron a Rita unos pastelitos de dátiles que habían traído.

Ahí estaban de nuevo los pastelitos de dátiles y también las palabras dulces.

Rita escuchó de nuevo dentro de ella la voz de la vanidad:

"Ellos creen que te han secuestrado y piensan que eres muy valiente; síguELES la corriente, nadie sabe la verdad", le decía.

Pero Rita estaba harta de escuchar aquella voz que de forma dulce le invitaba a decir medias mentiras y que, en realidad, no hacía más que causarle problemas.

—No, amigos, yo no soy una niña valiente. Aquí la única persona valiente es Mustafá.

Y Rita contó a su tío y a los demás todo lo ocurrido, desde su llegada al aeropuerto hasta su accidentada fuga.

—Lo siento; lo siento mucho –dijo sin poder contener una lágrima que se escapaba por el ojo derecho–. Como ven, no soy una valiente, sino una embustera; por mi culpa esos ladrones están robando una tumba de mucho valor.

Los presentes quedaron conmovidos por la sinceridad de Rita.

—No te preocupes. Tú no sabías que ellos eran ladrones. No tenías mala intención –le dijo su tío acariciándola.

Tanto el profesor Hawas como sus colegas y Mustafá también fueron comprensivos. No estaban enfadados con ella, pero sí muy preocupados por la banda de ladrones de tumbas.

—Los ladrones de tumbas son un gran mal desde hace muchos años –dijo el profesor Hawas–. Mientras nosotros nos esforzamos en encontrar restos del pasado para mostrarlos al mundo en los museos, esas bandas roban las riquezas de Egipto para venderlas al mejor postor.

—Sí. Hace siglos, algunos saqueadores de tumbas robaban porque no tenían dinero ni recursos para comer –continuó diciendo el profesor Jalifa–. Pero ahora las bandas roban por codicia. Saben que algunas personas ricas les comprarán las piezas por mucho dinero para sus colecciones privadas.

—De esta forma perdemos valiosísimas fuentes de información para conocer la historia del antiguo Egipto –dijo finalmente el profesor Alí.

En ese instante Rita recordó algo. Se levantó y fue corriendo hacia la casa del tío Daniel. Volvió al instante trayendo un rollo en la mano.

Se trataba de un papiro.

—Tomad –les dijo al tío Daniel y a sus compañeros mostrándoles el objeto–. Lo saqué de una de las salas de la tumba y lo guardé entre la ropa para dárselo al tío Daniel, por si le resultaba útil para sus estudios.

Los profesores leyeron atentamente el manuscrito y descifraron lo que allí estaba escrito.

—¡Es asombroso! ¡Es extraordinario! ¡Es fantástico! –dijeron los profesores.

—Daniel, Rita ha encontrado la tumba de Neteruimes, el gran ministro del faraón Ramsés.

Es un hallazgo importantísimo –dijo el profesor Hawas–. Hemos de ir allí cuanto antes.

—¿Creéis que podréis llevarnos hasta ese lugar? –preguntó el tío Daniel a su sobrina y a Mustafá.

—Yo no, tío –respondió Rita.

—Lo intentaré –dijo Mustafá.

—Pero, tío, profesor Hawas, ¿qué haremos si nos encontramos con la banda de saqueadores? –preguntó Rita preocupada.

—Tendremos que enfrentarnos con ellos, no queda otro remedio –le respondió muy serio el profesor Hawas.

El tío Daniel, también muy preocupado, asintió con la cabeza.

A excepción de Rita, que aún debía recuperarse, aquella noche nadie durmió en el Oasis de Farafra. La actividad fue frenética. Entre otras cosas, había que organizar la expedición, y buscar camellos y burros para internarse en un peligroso desierto donde no había carreteras.

Al amanecer, todos estaban preparados. También Rita y su camello.

Cuando la vio dispuesta para la marcha, su tío intentó convencerla para que se quedara.

—Rita, no debes venir, aún estás débil y además... puede ser peligroso.

—No, tío. Ya estoy recuperada, al igual que el camello –dijo señalando al animal–. No quiero estar más tiempo separada de ti.

Daniel en el fondo sentía lo mismo que ella, así que, tras montar en su camello, le dijo:

—De acuerdo, pero no te alejes de mí.

—Vale –respondió Rita.

La caravana se puso en marcha y abandonó el oasis, internándose en el desierto.

Guiados por Mustafá, la larga fila de animales y personas avanzó hacia el este por aquel mar de arena. Descansando en las horas más calurosas y avivando el ritmo al atardecer, la expedición llegó a las inmediaciones de la tumba con las últimas luces del día.

—Descansaremos aquí –dijo el profesor Hawas.

Rápidamente entre todos montaron las tiendas e instalaron el campamento.

Pronto se hizo totalmente de noche y los componentes de la expedición se durmieron agotados por el viaje.

Al día siguiente, el ruido de la actividad del campamento despertó a Rita. Daniel y Mustafá se habían adelantado para inspeccionar el terreno: habían salido antes del amanecer y ya estaban de vuelta. ¡Y habían encontrado el lugar donde se hallaba la tumba! Estaba desierto, vacío: los saqueadores ya habían abandonado la excavación. Rápidamente la expedición se puso en marcha.

Cuando llegaron, todos los integrantes de la caravana saltaron de los camellos y se dirigieron hacia la tumba. Pero Rita permaneció triste montada sobre su camello, observando los restos del campamento de los ladrones. Entonces notó una mano en su hombro:

—No te preocupes, tú no has tenido la culpa. Lo has hecho sin querer.

Era la voz de Mustafá, intentaba consolarla.

Al poco rato, el tío Daniel salió del interior de la tumba con una sonrisa en los labios:

—Buenas noticias, Rita. Los ladrones han caído en la trampa: han descubierto una entrada equivocada. Las salas que han desvalijado son de poca importancia. Por las inscripciones sabemos que el sarcófago de Neteruimes y la mayor parte de los tesoros están en otro lado de la tumba. Aquí hay mucho trabajo por hacer. Rita, tu descubrimiento es importantísimo... aunque haya sido por casualidad.

Y diciendo esto, le dio a su sobrina un gran abrazo de egiptólogo.

—Muchas gracias en nombre de toda la egiptología mundial –le dijo entre risas el tío Daniel.

—Sí, pero... –intentó decir Rita.

—No hay "peros", Rita. Te confundiste, pero has sabido rectificar. Eres una gran chica –le dijo dándole ahora un fuerte abrazo de tío.

Tras inspeccionar el lugar, el profesor Hawas y sus ayudantes decidieron que era tal la magnitud del descubrimiento que debían montar un campamento permanente. En aquella tumba había trabajo para mucho tiempo. Y, además, estaba seguro de que obtendrían de esa excavación información muy importante acerca de la vida y los acontecimientos de la época de Ramsés.

Rita y su tío Daniel viajaron a El Cairo con una de las numerosas caravanas que salieron de allí con destino a la capital. Debían informar a los agentes de la Unidad Arqueológica para que pudieran dar con

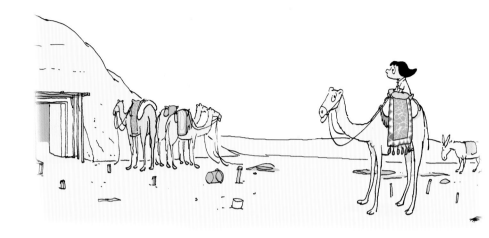

la banda de saqueadores. Y puesto que estaban en la
ciudad, el tío Daniel llevó a Rita al Museo Egipcio,
y a ver las pirámides y otros lugares.

Un día, paseando por el embarcadero
principal de la ciudad, observaron curiosos las
labores de carga y descarga de varios barcos.

—Ah, el comercio, Rita, es una actividad tan
antigua como el hombre. Unas cosas salen de aquí
y otras, en cambio, llegan. ¿Sabías que en el antiguo
Egipto…?

Rita no le dejó terminar la frase a su tío:

—¿Qué has dicho, tío Daniel?

—Que en el comercio, unas mercancías salen
de un lugar y otras llegan…

Rita escuchaba a su tío mientras observaba
cómo cargaban cajas en un barco llamado… ¡*Horus*!
De repente tuvo una corazonada.

—¡Tío Daniel, ese barco se llama *Horus*!

—Sí. Horus es un dios del antiguo Egipto...

—¡Es el dios favorito del jefe de la banda de saqueadores! –le interrumpió Rita–. Tío Daniel, algo me dice que en esas cajas se están llevando los objetos que han robado.

—Rita, eso no es muy probable.

Pero Rita insistió tanto que el tío Daniel primero se acercó a observarlos y, tras ver cosas sospechosas, llamó por teléfono a un agente de la Policía Arqueológica. Cuando el agente y sus compañeros finalmente abrieron una de las cajas, descubrieron que... ¡estaba llena de piezas robadas en varias tumbas!

Rita había acertado, y su extraña corazonada había evitado que aquel cargamento de incalculable valor pudiera salir de Egipto. El director del Museo Egipcio en persona le dio las gracias por el hallazgo de la tumba de Neteruimes y por el rescate de las piezas robadas.

Aquella noche, desde un lugar de El Cairo, alguien llamó por teléfono a otra persona que se encontraba muy lejos de allí:

—¿Señor Carlsson? –preguntó una voz.

—¿Quién es? –respondió otra voz al otro lado del teléfono.

—Señor Carlsson, soy Salim. Han descubierto el cargamento cuando lo estaban acomodando en el barco.

—¡Maldita sea! ¡Qué mala suerte! —exclamó furioso el señor Carlsson—. ¡En esas cajas estaba todo lo que habíamos robado en los últimos años! Será difícil que podamos volver a reunir un tesoro así.

—Ya lo creo. Además, sin la ayuda de la profesora Rita nunca podremos encontrar otra tumba tan importante —dijo Salim.

—Sí, era la mayor experta en saqueo de tumbas del mundo. ¡La pobrecita ha acabado sus días en una tumba…! ¡Qué gran pérdida!

—Sí, pobrecita –respondió Salim dando por terminada la conversación.

Tras resolverse felizmente el caso, Rita y el tío Daniel regresaron junto al profesor Hawas y le ayudaron en la excavación de la tumba recién descubierta.

Mikel Valverde

## Rita tenista

### Rita tenista

Convertirse en una estrella de la música es importante para Rita. Cuando pruebe suerte como tenista y tenga éxito, se dará cuenta de que la fama tiene un lado duro que no esperaba.

## ¡No te pierdas mis aventuras!

Mikel Valverde

## Rita en el Polo

### Rita en el Polo

El tío Daniel forma parte
de una expedición científica
atrapada en los hielos
del Polo Norte.
Rita intentará ir al rescate
en compañía de sus amigos
del pueblo inuit
y de un pingüino muy especial.

## Rita Gigante

Rita no quiere ser bajita,
está harta de que la
llamen "pulga".
Ella quiere ser muy alta
porque piensa que así
todo el mundo la querrá.
¿Podrá conseguirlo con
una poción mágica?

Mikel Valverde

### Rita Gigante